나남출판 원고지

사무치다

나남
nanam

나남시선 97

사무치다

2024년 6월 21일 발행
2024년 6월 21일 1쇄

지은이 박규리
발행자 趙相浩
발행처 (주) 나남
주소 10881 경기도 파주시 회동길 193
전화 (031) 955-4601(代)
FAX (031) 955-4555
등록 제 1-71호(1979. 5. 12)
홈페이지 http://www.nanam.net
전자우편 post@nanam.net

ISBN 978-89-300-1097-9
ISBN 978-89-300-1069-6(세트)

책값은 뒤표지에 있습니다.

나남시선 97

박규리 시집

사무치다

나남
nanam

나남시선 97

사무치다

차 례

제 1부

제 2부

제 3부

제 4부

제 5부

제 1부

봄, 적멸

얼마나 사무치면 적멸에 닿는가

봄산에 올라 바람경전을 읽는다
화르르 피어나는 봄꽃 사이로
벌써 난분분 난분분 날리는 꽃잎

생과 사가 동시에 있었구나
탄생마저 죽음의 고통
만남마저 이별의 눈물

얼마나 더 지치면 이르랴
얼마나 더 아득해지면 이르랴
이렇게 살아,
두 눈 멀쩡히 부릅뜬 채로

화산

살아 있는 것들은 가슴속에 무언가 끓고 있다
아무리 목젖을 눌러도
아무리 가슴을 쓸어내려도

살아 있는 것들은 어떠한 식으로든 신호를 보낸다
시도 때도 없이 치솟아
기어이 세상을 화염으로 집어삼키는
환희와 욕망, 비탄과 절망

천만년이 지나고 억만년이 지나
한 덩이 저 바위산 되기 전에는
사철 눈 덮인 저 얼음산 되기 전에는

살아선 결코 멈출 수 없는
맹렬한 생명의 몸부림

그러나 그 불길밖엔 길이 없는, 내 속으로 가는

그대든 혹은

사람마다 남모르는 어둠 한 자락씩은 덮고 산다

사람마다 용서받아야 할 죄 한 줌씩은 품고 산다

어둠은 어둠이 아니고 죄가 다 죄는 아니어서

황홀한 죄 저리 까마득히 품어 내고서야

깜깜절명 그 진자리에서 오늘도

눈물 벼린 여명 뜨겁게 여는 사람 있다

더 이상 품을 것 없기에 비로소 완성된

생의 끝자락에서

달밤

가진 것 다 잃고
절집 아래 빈 토굴에 들어
한 달을 두문불출 처박혔던 남자가
벌떡 일어나 냇가 얼음장을 깨더니
사정없이 온몸에 찬물을 뒤집어쓴다
머리카락 사이로 얼음물 뚝뚝 떨어지고
굳었던 안광에 미세한 물결 파르르 스치자
결연했던 의지도 순간 흔들린 듯
달빛 아래 그대로 한참을 서더니
눈물 그렁한 채 소싸움 막 끝낸 피투성이 황소처럼
허공으로 허연 입김을 푸우우우 길게 내뿜는다

저 남자,
적어도 오늘밤엔 살아 있으리라

병

깡마른 노을이 민둥산 넘다 말고 주저앉는다
마른 별빛 견디지 못해 나도 주저앉아 기다렸다
오래 기다렸다 하지 않겠다
그저 파란처럼 일생 너를 앓았다

천형

내 속에서 죽어 나간 건 아무것도 없었네 분노와 사무침도, 우짖는 절망과 통한도, 아무리 얼음장 밑에 가두고 화염 속에 던져도 그것들 내 속에 고스란히 웅크리고 있었네 어둠 속에 엎드려 흐느끼고 있었네 아무리 세월이 흘러도 내가 나를 죽이진 못했네

언제였을까, 천년 만에 발견된 연 씨가 싹 틔운 뒤 아뿔싸, 언젠간 저것들도 반드시 싹 틔우고 꽃 피우고 말리라는 걸 짐작한 것이, 나를 그토록 아프게 하고 세상 저버리게 하고 그댈 떠나게 하고 기어이 나를 버리려 발버둥 치게 했던 저 징그러운 것들이야, 실은 나를 이 세상에 살게 한 가없는 쓰라린 욕망이자 엄마가 내게 유일하게 남겨 준 뜨거운 생의 젖줄임을 깨달은 것이

저것들 때문에 내가 살아 아침이면 길을 가고 밤이면 나를 증오하고 새벽이면 다시 나를 용서했다는 걸 알 것 같았네 일생 숨죽여 떨고 있는 저 가여운 것들을 내 손길로 어루만지고 내 눈물로 말갛게 씻어 데리고 가지 않는다면 나도 이 세상에 없다는 걸 알 것 같았네

빛 좋은 날, 곰팡내 눅눅한 스산한 비애와 아직 다 꾸덕꾸덕

마르지 못한 짓무른 눈물과 잔가지 하나둘 썩어 가도 기어이 꿈틀대며 살아 숨 쉬는 뿌리까지 바람결에 내다 말리네 저것들, 저것들 다 품고 가는 일이 이 지상에서 내가 나로 살 수 있는 쓸쓸한 천형이요, 하마 아득하고도 아름다운 업이라는 걸 이제는 알겠네

정말일까

내 마음은 안에
저 나무는 밖에 있다고 생각했어

내 슬픔은 안에
싱그러운 바람은 저 숲에 있다고 생각했어

내 사랑은 안에
당신은 저 밖에 있다고 믿었어

그러나 바람 부는 봄날
살구꽃잎이 떨어지며 말하네

내가 눈을 들어 보는 순간
나무가 생기고, 바람이 생기고, 당신이 생겼다고

내 쓸쓸한 외로움과 가난한 허기가
저 나무도, 바람도, 당신도 만든 거라고

이 환장할 그리움도 치성한 슬픔도
다 내 한마음이 꿈결처럼 만든 거라고

안이 밖이고, 밖이 안이라고
실은 마음에도 세상에도 안과 밖은 없었다고

둘은
둘이 아니라고

홍도화 붉은 물결뿐

야윈 두 손으로 홀로 피안의 배를 노 저어 가는 그대 도대체 우리 살아서 몇 번이나 다시 만날까 아무 기약 없는 쓸쓸한 삶의 모퉁이를 나는 돌아가지만 그대 그곳에 도착하면 부디 잊지 말고 소식 한 장 꽃잎에 실어 보내 주오 봄, 눈물겨운 이승의 적막 밖엔 다시 흐를 게 없는 이 환장할 봄날, 텅 빈 허공만이 그대와 나 사이에 흐르고, 그 사이로 끝내 가닿을 수 없는 그대와의 지척엔 홍도화 … 아아 홍도화 붉은 물결뿐

봄아

눈부시게 일렁이는 봄
이불처럼 켜켜이 두르고도

봄아
나는 아직도 춥고 서럽다

댓돌 위에 따뜻한 달빛 한 켤레

두 눈 꼭 감아도 문살 간질이는 바람 소리, 스멀스멀 좌복 속으로 스며드는 귀뚜리 울음소리, 그대 마지막 신음 소리, 열 손톱에 촤촤 쇠금 가는 소리, 혈관에 펄펄 신열 끓는 소리, 밤 깊을수록 더욱 세차게 요동치는 심장 소리 … 소리, 소리, 소리, 견딜 수 없이 낭자한데 …

괜찮다고,
문을 여니 댓돌 위에 따뜻한 달빛 한 켤레

사리

단하천연 스님이 만행을 하다 어느 외딴 절에 들었는데 방이 너무 추워 법당의 부처님을 쪼개 불을 피웠다 이튿날 이 사실을 알게 된 그 절 스님이 화가 머리끝까지 나서 달려왔다

"스님은 어떻게 법당에 계신 부처님을 태울 수 있소?"
"예, 부처님을 다비해서 사리를 얻으려고 그랬습니다."
"아니, 나무토막에서 무슨 사리가 나온단 말이오?"
"아, 부처님이 아니라 나무토막이었군요! 그런데 왜 나한테 야단이십니까?"

눈 쌓인 법당 앞 오동나무에 걸려 다 찢겨 가던 반달연이 황망하게 내려다보는데, 숨어 지나던 오소리 한 마리 킥킥대며 절문 밖으로 꼬리를 감춘다

안부

봄비가 후득후득 창문을 두드리며
겨우내 아팠던 내 안부를 묻네

괜찮으냐고
괜찮으냐고

오래 참았던 두 눈에
눈물이 핑 도네

네게로 가는 길

길 잃어도 네게로 가고
길 없어도 네게로 간다

온몸에 혈관처럼 펴져 있는 길
경혈마다 뜸불 자국 자욱한 길

눈 감으면 아직도 선명한 길
내 속에 사는 네게로 가는 길

길 잃어도 괜찮다
길 없어도 괜찮다

제 2부

추수

도대체 어느 가을이 돌아와야

원수 같던 너를 끊고

독하게 여문 이 썩을 그리움마저 끊고

어떤 봄도 다시 미련 없을

저기 저, 텅 빈 들녘

물기 다 빠진 볏짚 한 단으로

초연히 서 있을 텐가

남자

목숨 건 사람은 달빛에 일렁이는 바람의 숨소리도 들린다 생을 다 건 사람은 칠흑 같은 어둠 속에서도 눈이 열린다 사지를 조이는 공포도 간절한 바람 앞에선 힘이 없다 눈물인지 밤이슬인지 그렁그렁한 물방울이 남자 눈가에 맺혀 있다 숨이 가빠 온다 쉿, 밖으로 새어 나가면 안 된다

아이 폐 속의 암 덩어리는 아이라서 더 빨리 자란다 했다 밤새 벽에 기댄 채 굴뚝에 걸린 매운 연기 같은 쓰린 숨만 토해 낸다 아이는 중국 쪽으로 빼내면 된다 돈만 있으면 된다 했다 기술만 있으면 하루에 삼십만 원도 번다 했다 그곳에 가면 … 그곳에 가면…

용접으로 굳은 손바닥을 다시 꽉 쥔다 그래 멀지 않다 미동도 없이 섰던 남자가, 미끄러지듯 남쪽으로 배를 민다

연미정 성벽 끝 넘실대는 만조의 북녘 바다 앞에 남자가 서 있다 저 바다에 몸 던지면, 지금 당장 몸 던져 눈 감으면 몇 시간이면 고향에 닿을 것만 같다 그러나 아무도 그때 그 자리로 다시 돌아갈 순 없다 용접 대신 철근 지는 막노동에 어깨 다 짓무른

남자의 야윈 등이 위태롭게 바람을 견디고 있다 데려올 브로커 비용 이천만 원도 다 모아 가는데, 이제 거의 다 됐는데 …

아이는 달포를 못 넘기고 갔다 한다

아이의 마지막 두 눈 제 손으로 감겨 주지 못한, 제 손으로 똑바로 뉘어 주지 못한 남자의 텅 빈 눈동자엔 더 이상 노기도 원망도 없다 여기는 어디인가, 나는 여기서 무얼 하고 있는가, 왜 소중한 건 나를 다 바쳐도 끝끝내 지킬 수 없는 것인가, 왜 다 잃어야만 알게 되는가, 바닥을 치면 오를 수 있다지만

허연 베옷 갈가리 찢으며 몸부림치는 파도 아래 텅 빈 블랙홀 같은 바닥없는 바닥이 남자 앞에 입을 쩍 벌리고 있다

· ·

생

인생은 아무도 장담할 수 없다

어디서 흐느끼고 어디서 절치부심하게 될지는,

생의 의문은 죽음에 대해 생각하지 않을 수 없는

어떤 절박한 지경에 맞닥뜨려서야

비로소 간절하게 터져 나오는 것이기에

아무도 모른다

어디서 통곡하고

어디서 내가 나를 만날지도

그러다 어디서 홀연히 내가 나를 떠나보낼지도

지평선

끝이 안 보인다는 건 아직 길이 있다는
끝끝내 걷다 보면 다시 돌아올 수 있다는

늙은 개

사시사철 대문 열린 골목 끝 집에 늙은 개 한 마리 쇠줄에 묶여 있다 사람이 오가도 쳐다보지도 짖지도 않고 온종일 죽은 듯 엎드려 있다간 아주 잠깐씩 눈을 들어 대문 밖 도로만 망연히 바라볼 뿐이다

문득 그 골목 안 늙은 개의 텅 빈 눈과 마주쳤다 그 속엔 무참한 이별의 상흔과 한 생의 뜨거운 열기가 당당하게 서려 있다

늙은 개가 가만히 나를 바라본다 괜찮다고, 다 그렇게 살아가는 거라고 … 오늘 따라 쇠줄에 설핏 스친 석양이 서럽도록 환한데

눈물을 닦지 마라

눈물을 닦지 마라
눈물을 닦지 말고 눈물 속에서 길을 보아라

때로 눈물 속의 길이 더 선명하리니
때로 눈물 너머의 길이 더욱 밝으리니

이 쓸쓸한 지상에
눈물 없는 길 어디 있으랴

눈물 없는 길은 눈물 속에만 있으니
깊은 밤에 여명 더 사무쳐 찬란하듯

크레바스

길이라고 다 사람과 사람 사이를 이어 주는 건 아니다
사람과 사람 사이를 끊어 버리는 참혹한 길도 있다

고독사

홀로 살던 남자의 시신이 보름 만에 발견되었다 한다
반 평짜리 쪽방에서 고통마저 고개 돌린 남자의 죽음

혹한의 겨울밤 다 식은 연탄재 곁에서
차디차게 굳은 고양이 눈가에
마지막까지 흘렸을 뜨거운 눈물이 얼음으로 맺혀 있다

고독하지 않은 죽음이 어디 있으랴

생명 가진 것들이라면 애오라지 홀로 가야 할
한 번도 가 보지 못한 낯선 길 위에서

마음, 마음

마음 놓칠 때가 많다
미처 마음먹기도 전에 몸이 먼저 갈 때가 많다
정확히 말하자면 마음이 아니라 욕망이 먼저 간다
본능 앞에선 마음도 진다

보는 찰나에 듣는 찰나에 맛보는 찰나에
내 몸이 먼저 득달같이 반응하고
된다 안 된다 따질 틈도 없이
바람보다 나는 빨리 움직인다

몸이 저질러 놓은 일
나중에 마음이 곰곰 되새기며
후회하고 가슴 치는 일
내 일생이 그랬다

마음, 마음, 하지 마라

허기진 마음 그리운 마음
때로 사랑 충만한 마음 거룩한 마음도 있었지만

그거 다 몸이 하는 거다
몸 따로 있는 마음은 없다

오죽하면 부처님도 육신이 있는 동안은
완전하지 않은 열반이라 했으며
마침내 몸까지 아주 버렸을 때야 비로소
아무것도 남지 않는 온전한 열반이라 했을까

그러니 마음 구하기 전에 먼저 몸에게 절하라
탐욕과 본능 가득한 이 독하고 능멸스런 몸뚱어리에게
절하고 흐느껴라 몸이 절하면 마음도 고개 꺾고
몸이 흐느끼면 마음도 눈물 떨군다

몸, 마음, 따지지 마라

저기, 빛보다 빠른 인생이 가물가물 명멸한다
눈 한 번 떴다 감으면
이 몸도 마음도 흔적 없이 허물어진다고
이제 다 져 간다고

성스러움에 대하여

성스럽다는 건 성스러운 그만큼
어둠을 품고 있다는 뜻이다

성스러움의 뒷모습은 천하고
성스러움의 바닥은 속되다

천하고 속된 것들 다 저버리고 성스러운 건 없다
세상에 그런 건 없다

눈물

저물어 떨어지는 낙엽에
파르르 물결이 일어

떠나는 그대 뒷모습 바라보는 내 눈가에도
푸른 물결이 일어

가만히 바라보면 사라지는 것들은
다 온몸으로 울어

온 세상이 장엄하게
눈물로 피어났다 져

나도 한나절 피었다가
속절없이 져

붉은 감

수월 스님이 그랬다

도를 닦는다는 것은 무엇인고 허니, 마음을 모으는 거여, 별거 아녀, 무얼 혀서든지 마음만 모으면 되는 거여!

쪽빛 가을 하늘 아래
온종일
붉은 감 껍질 열심히 벗기고 있다

봄날의 반가사유

벚꽃 지니 복사꽃 환합니다

눈 감았다 실눈 뜨니 봄날이 다 갔습니다

제 3부

안거, 아찔한 삶

소낙비 그치자 산안개 뭉실 피어오릅니다 그 사이로 무언가, 빛 같은 무언가가, 한순간 피었다 사라집니다 미처 제대로 보지도 못했는데, 미처 잡지도 못했는데, 아직 그게 무언지도 모르겠는데, 눈 깜빡할 사이에 나타났다 흔적조차 없이 사라져 버립니다 저게 목숨이 아니라면, 저게 이 아찔한 삶이 아니라면, 도대체 무어란 말입니까

안거, 죄

골짜기마다 치자 향기 흐드러지고 찻잔마다 산국 향기 훙건하고 눈 뜨면 사시사철 온갖 생명들의 서럽고 애잔한 눈물 투명하게 흘러내리는 이곳으로 놀러 오세요 신산하던 지난날도 생각해보면 한 점 떨어진 꽃잎에조차 비할 바 아니어서 억울할 것도 서러울 것도 아니어서 가슴속에 품어 둔 시린 노래 한 소절 흥얼거리며 눈 감고 이곳으로 놀러오세요 가슴에 당신 품은 죄밖에 없는, 이 아늑하고 아득한 곳으로

안거, 꽃

무심코 올려다본 하늘이 오늘따라 눈부시게 푸릅니다 강물에 당신이 띄워 보낸 정갈한 연서만 같습니다 그러나 이젠 오래 눈길 주지 않습니다 저 가운데 무슨 애절한 뜻 있으려나 더 이상 가슴 두근대지 않습니다 벼랑에서 꽃 꺾어 던진 지, 이미 오래니!

안거, 파도

대나무 그림자가 마당을 비질해도 마당엔 먼지 하나 일지 않고, 교교한 달빛이 사정없이 강을 뚫어도 물위엔 흔적 하나 없습니다* 나도 언젠가 천길 마음 아래 닻 고이 내렸다 믿었건만, 스치는 한 줄기 그리움에 산산조각 난 상념의 파도는 이 밤도 벼린 칼이 되어 내 등을 맵게 후벼 팝니다

*야부도천冶父道川의 선시禪詩

안거, 그러려니

이젠 그만하자, 그만하자, 그리 다짐해 놓고도 또 그립고 그리워 목메는 밤입니다 어디 내 마음이라고 내 마음대로 되겠습니까 이젠 그냥 그러려니 합니다

안거, 구름 한 송이

이곳에서 할 수 있는 일 아무것도 없는 줄 진즉 알아서 그동안 남몰래 사귀어 온 착한 구름 한 송이 불러다, 눈 감으면 마주보며 함께 웃다가 눈 뜨면 무작무작 함께 졸다가, 꿈 아닌 꿈길에선 쌉쌀하면서도 달콤한 비애와 칡넝쿨에 달라붙은 초월의 마른 잎도 몇 오물거리며 자다 깨다 자다 깨다 일없이 앉았습니다

안거, 슬픈 초인

거대한 파노라마처럼 펼쳐지는 생의 흐름 한가운데 오늘도 초인처럼 앉았습니다 문득 새벽이면 꿈에서 깨어나듯 이 무정하고 무구한 세월도 단숨에 흘렀으면 좋겠습니다 의식 망상 다 사라지고 애욕도 고뇌도 행복도 없는 아득한 그곳에서 다시는 아주 태어나지 말았으면 좋겠습니다 밤이 되어도 문 닫지 않는 산속을 지나는 바람결에 어디선가 흐느끼는 울음소리도 간간 들립니다

안거, 만장

추위가 끝나려면 아직 멀었다고 이만한 모래바람에 기대어 잠드는 것도 행복이라며 가슴속 전나무가 속살대는 겨울밤, 오래 떠났다 돌아온 철새가 제집 찾지 못해 서성여도 이곳이 제가 태어나고 제가 죽을 집인 줄 아는 것처럼, 다 바스러져 사막같이 메마른 가슴에도 기어이 꽃은 피어 찬란한 녹음 눈물겹도록 우거져 내 가여운 죽음 불멸의 만장으로 눈부시게 태워 줄 것을 믿기에, 이 외롭고 황량한 삶의 비탈길에서 아직도 하염없이 나를 기다립니다

안거, 그곳이 어딘들

가을햇살에 꼬들꼬들 말라 가는 대추처럼 나도 언젠가 다 말라비틀어지면 차가운 방에 들어 차가운 막소주 한 잔에 몸과 마음 아주 부려지면, 세상 어딘들 이 몸 낭자하게 뿌려져도 다시는 천형의 서러움에 발목 빠지지 않고 다시는 숨어 울지 않고, 기어이 다시 떠날 그대 시린 발등 내 뜨거운 눈물로 적시며 그 생도 우리 함께 두둥실 흐를 것을 믿습니다

안거, 강

애욕에 겨워 새어 나오는 신음 소리, 희열로 터져 오르는 웃음 소리, 그리움에 타는 탄식 소리, 죽어 가는 이의 거친 쇳소리, 사랑하는 이를 보내는 통곡 소리, 깨달은 자의 무심한 숨소리 … 갈래갈래 서로 다른 길을 품에 안은 남강이 유유히 흐릅니다 환희와 비애가, 만남과 이별이, 삶과 죽음이, 장엄하게 흐르는 그 강을 따라 천 근 같은 생살을 끌고 나도 따라 흘러갑니다

제 4부

수렁

끝내 너를 그냥 보낼 줄 뻔히 알면서도
이 수렁 같은 사랑에 다시 빠진다

어쩌랴
어쩌랴

사무치다

텅 빈 우주에 홀로 있는 것만 같은 슬픔이 뼈에 사무쳤다 마냥 열에 달떠 신음하고 가끔은 차갑게 식어 온몸을 떨었다 달 없는 한밤 흔들리는 자작나무 기둥에 기대어 서면 법당 뒤로 들려오는 노루 울음소리가 깊고 길었다

눈 감으면 사시사철 풍랑이 휘몰아쳤다 망망대해에 홀로 떠다니는 조각배처럼 외로웠다 어지러웠다 마음이 어지러운 만큼 꿈도 어지러웠다 꿈에서 깰 때마다 구토가 났다 이 한 몸 작은 촛불로는 내 황량한 동토의 한 조각도 데울 수 없었다

문득 올려다본 밤하늘에 별 하나가 반짝였다 이리저리 떠밀리다 흔들리다 절명의 끝에서 등댓불처럼 내게 손짓하던 별 하나, 작고 흐리지만 목숨처럼 간절하던 그 불빛

너를 만나고 나를 용서하고 너를 다시 보낼 때까지 그러나 나는 한 번이라도 내게 진실했을까 얼마나 사무쳐야 아무런 불빛 없이 나를 말할 수 있을까 얼마나 더 사무쳐야 빛도 어둠도 없는 그곳에서 기어이 너와 하나 될 수 있을까

앙상한 나무에 산 것들이 주검처럼 매달려 있더니, 갑자기 나뭇가지 하나 창을 깨고 들어와 내 뺨을 사정없이 후려갈긴다

아직은 더, 더, 사무쳐야 한다고!

봄

꽃도 없다
내가 지면

나도 없다
네가 지면

한술 밥

만산홍엽 신열에 지친 가을 아침
독하게 몸 일으켜 밥을 먹는다
보잘것없는 이 몸뚱어리도
함께 나누어 사는 생명 있어
억지로 물 말아 밥 한술 뜬다
착한 벌레 나쁜 벌레 병 벌레 약 벌레
모두 나와 밥 먹는다
독한 마음 보고픈 마음 설운 마음 찢긴 마음
모두 모여 밥 먹는다
내 속 어디에 이토록 많은 것들 살고 있었나
나는 없는데, 나를 이루고
세상을 가득 채운 이것들,
아무리 살아도 세상 모퉁이 돌 때마다
뼈저리게 아픈 병 끝을 딛고
오늘, 다 같이 뜨는 한술 밥

고음

소프라노 마리나 레베카의 고음은 불안하다
언제나 채 정상까지 미치지 못하고
울부짖는 듯한 떨림은 나를 소름 돋게 한다

오늘도 레베카의 클라이맥스는 불안하다
완벽하게 솟구쳐 음을 넘어 음을 완성하는
세기의 대가들과는 달리 마지막 순간
팽팽하던 현이 파르르 떨리듯 또 안타까이 늘어진다

42.195km 마라톤에서 42.185 즈음, 어이없이
발목 풀려 땀과 눈물범벅으로 주르르 밀려나듯
입추 지나 더 이상 천지에 쩌렁쩌렁 울려 퍼지지 못하고
목젖으로 저물듯 사위어 가는 매미 울음소리처럼

그래서 그녀의 아베마리아는 나를 더 숨죽이게 한다
나를 울게 한다

소

가판대 위에 소가 누워 있다
토막토막 부위별로 얌전히 놓여 있다
물컹한 머리, 목, 배, 창자, 발 …

그런데 아무리 봐도 그곳에 소는 없다

후들거리는 몸 세워 갓 난 송아지 정성껏 핥아 주던
지극한 숨결도
해 저물어 소달구지 가득 짚단 싣고 돌아오던
당당한 콧김도
음머음머 검은 눈동자 눈물범벅되어 울부짖던
무참한 절규도
가쁜 숨 내뱉으며 마지막까지 뒷걸음질 치던
그 애달픈 공포도

모두 고요히 누워 있다

걱정

텃밭에 심어 놓은 깻잎이 성한 데가 없습니다 누렇게 죽어 가는 숭숭 뚫린 구멍들이 수십 개도 넘습니다 일생 내가 파먹은 당신은 성하신지요

저기 그 사람

매미야
그만해라
나도 숨넘어간다

천지를 포효하듯
심장을 썰어 내듯
너만큼 숨넘어간다

저기 그 사람 그림자
이승에서
져 간다

저녁을 지으며

가슴이 메어 와 견딜 수 없는 날이 아니라면
백지를 앞에 놓고 울지 않았소

차고 슬픈 이 길을 울음 없이 넘을 수 있다면
그대도 다시는 엄동설한 찬방에 홀로 가부좌 틀고 앉지 마소

쓸쓸한 날은 쓸쓸한 대로 두고
피 맺힌 무릎은 그냥 무릎걸음으로 피 흘리게 하소

아무리 둘러보아도 나는 없었고
아무리 기다려도 그대는 오지 않았소

이 세상 천형 아닌 것 없지만
내가 나를 만나지 못하고 그대를 만나지 못한 채
지상을 떠도는 일보다 더한 천형은 없었소

아침부터 포말 같은 햇살을 얹고
툇마루에 환한 그림자로 앉아 있던 그대

후드득, 산을 박차고 오르는 뱁새 울음소리에
다시 흔적도 없구려

나도 정신 차리고
김치 한 포기 꺼내 들고 저녁 지으러 가오

보골보골 밥물처럼 끓어오르는 설운 봄날

구절초

그리움 때문에
새벽 북은 울리고 바람이 불고
지친 눈을 뜨고 밥을 먹고 버려진 방에 돌아와
책상 위에 먼지를 쓸어내리다가

다시 그리움 때문에
한밤중에 길을 나서
만났다 이별하고 홀로 남은 사람들이
하나둘 쓸쓸히 시들어 가는 것을 바라보다가

우리 만나서
장장한 울음으로 한 철 울다가
썩을 그리움만 낭자하게 남기고 떠난
그대 무덤가에 안겼다 돌아온 신새벽

한 번만이라도
보고 싶어 다시 보고 싶어
그대 방문 앞에 서니, 오호

새하얀 눈물 환하게 밝혀 놓고 밤새 날 기다린 구절초

12월

갑자기 불어닥친 찬바람에 북악이 몸을 바싹 웅크리고 다가온다 반생을 허공에 떠도는 사람 이젠 그만 무릎 꺾고 이곳에 머무시라고 사위어 가는 창가에 작은 등 하나 내다 건다

그대 없는 세월 잘도 견뎠다 뿌연 길 휘적휘적 더듬으며 잘도 걸어왔다 돌담길 천리향 아래 등 돌려 눈물 훔치던 그대 잔인하게 베고 나선 길 잘도 걸어왔다 손가락 사이로 쑥쑥 빠져나가는 모래알, 아득한 밤에 환한 달무리처럼 이고서

돌아보니 온몸에 돌이킬 수 없는 슬픔이 투명한 사리로 열렸구나 묵은 세월에 모질게 닦여 휘영청 밝구나 이젠 형체도 다 스러진 오욕락의 죄 비듬처럼 날리며 오늘도 아무렇지도 않게 또 하루를 넘긴다

바윗돌

바닷가 바윗돌에 잔금이 가득하다
멀쩡한 것들도 실낱같은 균열이 가득하다

균열 속에는 적막하고 쓸쓸한 울음이 산다
그러나 바위는 모른다

파도가 밀려오는 밤이면 바위도 따라 울부짖다가
파도가 밀려가는 밤이면 바위도 따라 절명하다가

상처를 제 살에 문신으로 새기며 살아가는 것들은
아침이면 또다시 베이고 긁히며

그 위용으로
파도와 함께 갈가리 찢겨 빛난다는 것을

그렇게 또 사무쳐 오르면 된다고

샛길로만 곁길로만 산을 오르다
마침내 다다른 마지막 능선
아뿔싸 이제부턴 저 높이 치솟은 바윗덩어리뿐이다
저기 저, 설산처럼 눈부시고 차가운 바위뿐이다

절망 같은 거 회한 같은 거 그런 감정놀음 따위
이곳에선 안 통한다
더 이상 용납 안 된다
한발 헛디디면 받쳐 줄 풀 한 포기 없는 돌바닥

날은 저물고 석양빛도 얼마 남지 않았다
사방 훤히 다 보이는
사방에서 내가 훤히 다 보이는
텅 빈 하늘과 바위산과 나밖에 없는 바로 이곳에서,
이젠 미련 없이 올라야 한다고
다 버리고 기어올라야 한다고

후들거리는 다리 겨우 추스르며
막막히 섰는데

바위 꼭대기에 뿌리내린 늙은 소나무
솔방울 하나 툭, 내 곁으로 떨구어 준다

괜찮다고
괜찮다고
떨어지는 것이 오르는 것이고
오르는 것이 떨어지는 것이라고,
일생 떨어진 것처럼
그렇게 또 사무쳐 오르면 된다고,

아직 무른 정 다 끊지 못해 엉거주춤하던 내 등을
가만히 떠민다

조각배

바닷가 어스름한 새벽에
조각배 한 척 떠 있다

저 위태롭게만 보이는 작은 배가
출렁이는 파도와 한 몸이듯 넘실대고 있다

파도보다 높지도 않게
파도보다 낮지도 않게

엄마가 흔드는 요람에 잠든 아기처럼
시소 타고 오르락내리락하는 아이처럼

비바람이 온몸을 때려도
파도가 머리끝까지 휘감아도

스스로 파도가 되어
생을 건너고 있다

제 5부

모든 죄

갠지스 강변을 어정거리고 있는데
웬 착하게 생긴 늙은 수행자가 내 손을 잡아끈다
이 강물에서 목욕하면 모든 죄가 사라진다며

그럼
저 갠지스강 속의 물고기는?

오래된 시

이 폭설 속에서도
남녘 어디선가 매화가 피었다 한다

다 늙은 내 젖도
슬그머니 부풀어 오른다

오늘처럼 매화 흐드러지는 날이면

술 한 병 옷섶에 품고
미친 척 스며들고 싶어라
그대 갈비뼈 아래
그 빈방으로

겹동백

나를 후리고 내 혼줄 다 빼 놓고는

엄동설한에도 겹겹이 두른 치마
들추지 못해 환장이더니 천년만년
내 곁에만 살 것처럼 정분질이더니
봄바람 타고 줄행랑쳐서는
젠장할 이 산에서도 저 산에서도
요망한 속곳 훌러덩 다 까집고는
나부끼고 있네
벌겋게 나부끼고 있네

거미줄

문제는 그게 아니다
내가 당신을 사랑하고
당신이 나를 떠난 게 다가 아니라는 거다

내 속에 끈적한 거미줄 빼곡히 쳐 놓고
한 번 들어간 것은 나가지도 못하게
다른 것은 들어오지도 못하게
내 가슴에 거미집을 지었다는 거다

거미는 거미줄에 매달리지 않아,
당신은 그물 위를 물 흐르듯 흐르고
당신은 그물 위를 바람처럼 스치며
제가 친 그물에는 절대로 걸리지 않는데

나 홀로 매달려, 다 말라비틀어진 고치가 되어

쏘가리

동생이 첫 낚시질에서 얼떨결에
한 자가 넘는 쏘가리를 잡았다

집에 며칠을 두어도 이놈은 쉬이 죽지도 않는다
예사롭지 않은 눈빛
입 주변에 갈고리 자국 선명한 채 살기 등등하다

한 자가 넘을 때까지
저 물속에서 수없이 낚싯줄에 걸려 봤을 터
핏물 철철 흘리며 낚싯줄 이빨로 찢어 냈을 터

죽을 고비 만만찮게 넘겨 봤을
겨울 영하의 한탄강에서 잡아 올린 한 자 넘는 쏘가리
벌써 일주일째 세숫대야 수돗물 속에서도
눈 부릅뜬 채 살아 있다

말 길들이기

등에 올라탔으면
악착같이 매달려야 한다
납작 엎드려 떨어지지 말아야 한다
할 수 있는 한 견뎌야 한다
최대한 오래 버티고 버텨야 한다
떨어져도, 끝내 줄은 놓치지 않아야 한다

채찍

나도 한 번 큰 말 타고 갈퀴 휘날리며 바람처럼 달려 보고 싶은 게 꿈이었다고, 지인 승마장에 들렀다가 일없이 말했는데, 그 소원 듣던 주인이 슬그머니 일어서더니 말 한 마리를 끌고 나왔다

겁낼 것 없다고 가만히 등에 올라서는 두 발로 뱃가죽을 툭툭 치기만하면 지가 알아서 다 간다고, 설레는 마음으로 오르니 날개도 없이 공중에 떠 있는 듯 아슬한 쾌감과 공포가 뒤섞여 밀려오는데

자, 이제, 두 발로 탁탁 치세요, 탁탁요!
어, 그런데 녀석은 아무리 탁탁 쳐도 무슨 깊은 생각에 골똘히 잠겼는지 고개 모로 꺾은 채 꿈쩍도 않는 것이다 아니 아니, 더 세게요, 더 세게! 내가 두 발을 쾅쾅 굴러 대도 녀석은 시큰둥 먼 데만 바라보고 있다

그 꼴 보다 못한 주인이 허리 뒤춤에 꽂고 있던 쥐꼬리만 한 채찍을 꺼내 내 손에 건네주자, 바로 그 순간, 맙소사 녀석이 트랙 안을 득달같이 달리기 시작했다

야, 서! 서! 주인이 아무리 소리쳐 불러도 듣지 않고 앞만 향해 치달리자, 놀란 그이가 다급히 내게 소리쳤다 이젠 숨기세요, 아 채찍이 안 보이게 뒤로 숨기란 말예요! 중심도 잡지 못해 대롱대롱 매달려 가다가 어찌어찌 한손에 쥔 채찍을 엉덩이 뒤로 감춘 바로 그때, 내가 아무리 고삐를 당기고 워워 해도 듣지 않던 녀석이 언제 그랬냐는 듯, 정말 거짓말처럼 그 자리에 우뚝 서는 것이다

어리석은 말은 아무리 채찍을 맞아도 안 가고
중간쯤 되는 말은 채찍을 맞아야만 가고
지혜로운 말은 채찍 그림자만 봐도 달린다더니

햐, 그 말이 사실일 줄이야!

새해 아침

산기슭 다 쓰러져 가는 외딴집에
홀로 사는 할머니 추울까 봐
흰 눈이 소복하네

장독대 위에도
살구나무 위에도
갓 쪄 낸 백설기 같은
흰 눈이 소복하네

많이 드시라고
올해는 아프지 마시라고
하늘이 차린 밥상

방문 열고 나온 할머니가
서둘러 부엌에 드시더니
하얀 고봉밥 지어
마당에 지붕에 고루 뿌리시네

밤새 배고팠던 벌레들

날개 꽁꽁 언 어린 새들
어서어서 먹으라고

온 세상이 나눠 먹고도 남겠네

다랑이논

하늘 가장 가까운 곳에
눈물처럼 고인 다랑이논

천년 배고픔이
찰랑찰랑

그 잔잔한 물결 속에
한 세상이 있다

내가 발 담근
지상의 한 평 다랑이논

반나절만

천 개의 귀를 열고 너의 말을 듣고도
천 개의 손을 들어 너를 어루만지고도
끝내 너를 다 듣지 못하고 품지 못했네

서로 외로운 뼈마디 얽어 보아도
아무리 부둥켜안고 설운 가슴 포개도
그저 옷섶에 깃든 타다 만 쓰린 향내뿐

그래도 어쩌겠나, 다 부질없어도
남은 이생 반나절만 더 네 곁에 머물다 가겠네

늦가을

마당 수북한
낙엽 쓸다가
먼 산 바라보다가

먼 산 바라보다가
마음에 수북한
그림자 쓸다가

아무렇지도 않게

외로움에 담담해지는 것
그리움에 그만해지는 것
뼈마디 쑤시는 일에 무던해지는 것

그러다 문득 마지막 그날이 오면
잠결에 자던 베개 하나 옆구리에 끼고
슬그머니 건넛방으로 넘어가듯

아무렇지도 않게
아무렇지도 않게

화장

새 옷 입고 가네
예쁜 옷 한 벌 새로 입고 가네
고와라 고와라

바람에 치마 결 살랑거리고
끝동엔 자색 꽃잎 곱게 수놓이고
버선에 손 싸개에 모자까지 있네

나는 베옷 말고 종이옷 입고 가겠네
세상에서 제일로 보드랍고 얇은 나무로
옷 한 벌 곱게 지어 입고 춤추며 가겠네

좋아서
좋아서
저 화염 속 불길보다 더 붉고 환하게
웃으며 웃으면서 가겠네

조문

아랫마을 지붕마다 모두 소복 입었네

따뜻한 해님이 조문 오시면

집집마다 처마 끝엔 눈물 뚝뚝 떨어지리

낙타에 부쳐

—신경림 선생님의 서거를 애도하며

가시네
별과 달과 해와
모래밖에 본 일이 없는 낙타를 타고

가시네
가난하고 버림받고 슬픈 것들
부서져 흩날리는 아득한 길을
쏟아지는 열사의 태양 꿈결인 듯 받으며

세상 가장 낮은 진창마다
뻘투성이 맨발로 함께 빠지다
세상 배고픈 흙바람 속을
꽹과리 두드리며 함께 울부짖다가

형형한 눈빛일랑 속울음으로 감추고
세상사 물으면 짐짓, 아무것도 못 본 채
손 저어 대답하면서
슬픔도 아픔도 까맣게 잊었다는 듯,

가시네
바보처럼 성자처럼
다 버리고 다 용서하고 모두 품어 안고
걸음마다 화염의 모래밭 큰물로 적시면서

무슨 재미로 세상을 살았는지도 모르는
가장 가엾은 사람 하나 골라
오시네
오시네

저기, 낙타 되어 오시네

* 신경림 시인의 시 〈낙타〉를 부분 인용.

자서自序

원했든 원하지 않았든
선택했든 선택하지 않았든
살면서 몇 고개를 넘었다.

걷다 쓰러지다 때로 기었다.
산이 바다고 바다가 산이라는 걸 알기까지,
그 까마득하고 광활한 가없는 세상이
내 한 뼘 마음보다 작다는 걸 사무쳐 가늠하기까지,
어리석은 나는 평생이 걸렸다.

이제 떠날 건 다 떠났고, 남을 건 남았다.
그러나 설령 떠난 것이라 해도
흔적은 남아 있다.

오래전부터 그것들 진작 보내 주고 싶었다.
화인火印으로 남아 아주 떠나지 못하는 것들
내 살을 베어서라도 고이 천도薦度해 주고 싶었다.

내가 낳았으니 내가 보내야 한다.

더 이상 만남도 이별도, 애증도 집착도, 너도 나도
구분 없는 적멸寂滅의 자리 … 그래, 다시 여기 이 자리로.

2024년 여름
박규리

나남출판 원고지